Um verso a cada passo
a poesia na Estrada Real

Copyright © 2009 by Angela Leite de Souza
Copyright desta edição © 2019 Editora Yellowfante

Edição geral
  Sonia Junqueira
Edição de arte
  Norma Sofia – NS Produção Editorial Ltda.
Fotografia
  Sylvio Coutinho
Revisão
  Marta Sampaio

Todos os direitos reservados pela Editora Yellowfante.
Nenhuma parte desta publicação poderá ser reproduzida,
seja por meios mecânicos, eletrônicos, seja via cópia
xerográfica, sem a autorização prévia da Editora.

Dados Internacionais de Catalogação na Publicação (CIP)
(Câmara Brasileira do Livro, SP, Brasil)

Souza, Angela Leite de
  Um verso a cada passo : a poesia na Estrada
Real / Angela Leite de Souza, texto e
ilustrações ; fotografia, Sylvio Coutinho. -- 2. ed. --
Belo Horizonte : Editora Yellowfante, 2019.

  ISBN 978-85-513-0693-2

  1. Poesia - Literatura infantojuvenil I. Coutinho, Sylvio. II. Título.

19-30243   CDD-028.5

Índices para catálogo sistemático:

1. Poesia : Literatura infantil 028.5
2. Poesia : Literatura infantojuvenil 028.5

Iolanda Rodrigues Biode - Bibliotecária - CRB-8/10014

A **YELLOWFANTE** É UMA EDITORA DO **GRUPO AUTÊNTICA**

Belo Horizonte
Rua Carlos Turner, 420
Silveira . 31140-520
Belo Horizonte . MG
Tel.: (55 31) 3465 4500

São Paulo
Av. Paulista, 2.073 . Conjunto Nacional
Horsa I . 23º andar . Conj. 2310 - 2312
Cerqueira César . 01311-940 . São Paulo . SP
Tel.: (55 11) 3034 4468

www.editorayellowfante.com.br

Um verso a cada passo
a poesia na Estrada Real

Angela Leite de Souza
texto e ilustrações

2ª edição

fotografia
SYLVIO COUTINHO

Sumário

A Estrada e a História, 6
O Caminho Velho, 11
Veneza fluminense, 12
Uma história caudalosa, 14
O correio do sertão, 18
O Caminho da Bahia, 21
Um grande presépio, 23
As águas preciosas, 24
Tiradentes, 25
São João dos Sinos, 27
A cidade encantada, 28
A ilustre vizinha, 29
O Caminho Novo, 31
Eterna capital, 32
Cidade de Pedros, 34
Testemunhos de sonhos, 37
O Caminho dos Diamantes, 39
Joias coloniais, 40
Diamantina, 42
A nova Estrada, 44
Referências bibliográficas e iconográficas, 46

Antes de você pôr o pé na estrada...

...quero explicar, leitor, que o que ficou conhecido como "Estrada Real" eram, na realidade, vários "caminhos", usados no tempo do Brasil Colônia principalmente para levar o ouro e os diamantes de Minas Gerais até o porto e, daí, para a metrópole.

Desses percursos seculares restam apenas alguns trechos, vestígios, ruínas, já que foram aos poucos "engolidos" pelo mato e pelo progresso que fez crescerem as cidades às suas margens.

A Estrada Real de hoje, uma linha em forma de **y** invertido que atravessa quatro estados brasileiros – São Paulo, Rio de Janeiro, Minas Gerais e Bahia –, foi o fio condutor para a criação deste *Um verso a cada passo – a poesia na Estrada Real*.

Os que atualmente viajam por ela não têm maiores pretensões que a de curtir a beleza da paisagem, ou conhecer a história e a cultura dos locais que floresceram graças à sua existência. E é assim que eu gostaria que você percorresse este livro: escolhendo à vontade o seu roteiro e, como eu, guardando "na mochila" a poesia das ideias e emoções que esse trajeto – tão importante para a formação do Brasil – desperta em nós, à medida que o refazemos pessoalmente ou em nossa imaginação.

Angela

*Ao Marcus, sempre comigo
em todas as estradas...*

A Estrada e a História

Botas
cascos
pés descalços –
quantas pegadas
deixadas
na história
desta estrada...
Quanta gente
aqui passou
trazida por boa
e má-fé...
Estrada que fez surgirem
arraiais
vilas
cidades
que encaminhou
mil destinos
para a fortuna
e a ruína,
que misturou
raças
crenças
culturas
credos
e cores,
que fez nascerem
sabores
palavras
costumes
festas.
Estrada
de vida
e sangue,
de suor
estrume
e lama.

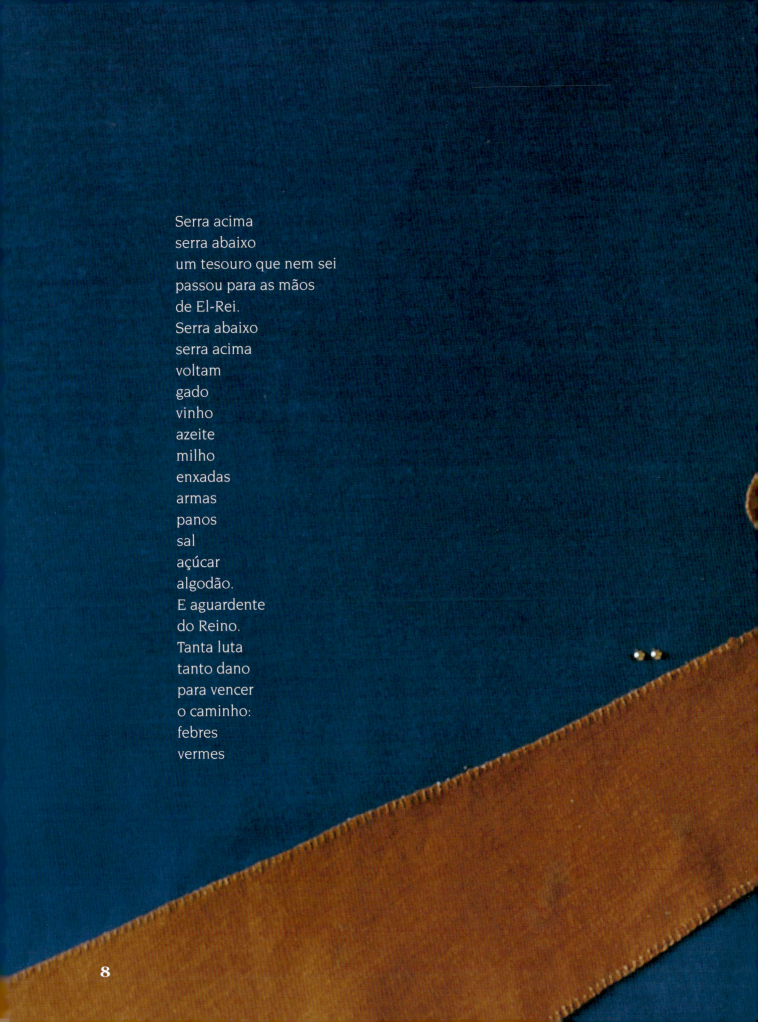

Serra acima
serra abaixo
um tesouro que nem sei
passou para as mãos
de El-Rei.
Serra abaixo
serra acima
voltam
gado
vinho
azeite
milho
enxadas
armas
panos
sal
açúcar
algodão.
E aguardente
do Reino.
Tanta luta
tanto dano
para vencer
o caminho:
febres
vermes

onças
cobras
e os espinhos
e os mosquitos
e o temor
das emboscadas
e o pavor
da escuridão
ou de uma
aparição.
Mas o ouro,
mas as pedras
valem
as noites em claro,
valem
ferida de flecha,
valem
fome
dor
e frio.
Riquezas
terras
e posses,
honrarias,
tudo passa,
o tempo
tudo esfumaça...
Mas fica um pouco
de glória
nas marcas
que não se apagam
na estrada
da História.

o Caminho Velho

Abro o mapa,
dou um *zoom* no tempo,
fecho os olhos.
Estou no Caminho Velho
levado pela lenda do ouro
de Sabarabuçu,
na Serra dos Cataguases.
Aliás, como viajo assim,
em pensamento,
não me cansa tamanha andança
transpondo montanhas
criando bolhas e calos
ou então sacolejando
no lombo de um pobre cavalo.
Onde quer que vá passando
tudo já foi batizado
com um nome apropriado:
Boqueirão do Inferno,
Pouso do Facão,
Serra do Quebra-Cangalha,
Povoado da Aparição,
Ribeirão Passa-Vinte
(vinte vezes é varado),
Garganta do Embaú
e Serra da Mantiqueira
de onde afinal se embrenha
pelos sertões das Gerais.

Veneza
fluminense

Ouro Preto à beira-mar,
Goiás Velho sem ladeiras,
Tiradentes, Sabará,
quantas cidades te imitam,
mas, com brumas ou com minas,
nenhuma lava seus pés
nas espumas turmalinas
como tu, desde menina,
em tuas salgadas marés.

No princípio, as águas mansas
de tua larga enseada – parahy –
eram o reino de um peixe – piraty –
e de um povo, os goianás.
Em sua língua de índio,
não foi difícil criar
um bom nome para ti,
um nome curto e sonoro
como é próprio do tupi.
Mas isso seria depois
que as pedras roladas dos rios
foram descendo da Serra
para calçar tuas ruas
ao te tornares a Vila
da Senhora dos Remédios.

Por ti, ao longo dos tempos,
passaram homens e homens
sempre em busca de um valor:
brancos, caboclos, mulatos,
nobres, padres, mercadores,
gentios, escravos, soldados,
maçons, letrados, cientistas,
aventureiros, artistas.

Para ti, ouro e café,
ferrovia e rodovia
chegaram com a mesma força
da fama e da decadência.
Mas, fênix, sempre renasces.
Com uma nova opulência,
a Paraty ecológica,
reduto de mata atlântica,
a histórica Paraty,
cidade colonial,
não deixa morrer a lenda:
um dia, Deus, por descuido,
teria doado ao diabo
aquele pedaço de terra
guardado entre serra e mar.
E apontando-o, dissera:
– Lá! Aquilo é para ti.
Mas o demo, por orgulho,
não aceitou o presente.
Recuperando o juízo,
teve então Nosso Senhor
a ideia de transformar
aquele belo lugar
em parte do Paraíso.

Uma história caudalosa

Depois das grimpas da Serra,
além dos mares de morros
tão difíceis de singrar,
há quatro séculos corre
um grande rio
fazendo a fama do lugar.
O Vale do Paraíba,
em território paulista,
passagem obrigatória
de quem ia para as minas
ou delas a Paraty,
tem uma história
caudalosa a contar.
Começa com os bandeirantes
e segue no calcanhar
de tantos aventureiros
em seu vaivém incessante
pelo Caminho do Mar.
Dessa passagem
brotam capelas
e em torno delas,
aconchegadas,
as casas simples
de pau a pique,
povoações
que são chamadas
conforme o gosto,
conforme o credo,
conforme a raça
dos fundadores.
Nomes de santos –
São Luiz do Paraitinga,
São Miguel das Areias
São José dos Campos...
Nomes indígenas –
Taubaté, Guaratinguetá, Guaypacaré...
Esses lugares,
com seus mistérios,
suas fazendas,
e seus barões,
suas históricas
revoluções,
com seu folclore,
seus artesãos,
do Vale são
a identidade.

Uma
duas
muitas vezes
lança o pescador a rede
nas águas avarentas
do rio Paraíba.
Uns tantos peixes
tem de levar
para o faminto
Conde de Assumar.
E quando puxa
uma vez mais,
sem esperanças,
acha engraçado:
vem tão pesada...
Quem aparece?
Nossa Senhora
da Conceição,
sem a cabeça,
que é pescada
logo em seguida!

Novo milagre:
cheia de peixes
subiu a rede
mais uma vez
arremetida.
Assim surgiu
Nossa Senhora
Aparecida.

E vêm romeiros
de longes terras,
vêm os doentes
com suas preces,
vêm os devotos
com seus ex-votos,
os penitentes
com suas cruzes.

Aparecida
virou cidade,
virou basílica,
virou destino
todos os anos
de alguns milhares
de peregrinos.

Tamanha glória
só se compara
à que alcançou
Guaratinguetá.
Ali nasceu
o bom beato,
primeiro santo
deste país
de tanta fé.
Frei Galvão
ganhou altar
no panteão
da Santa Sé.

Para além das crenças
e crendices,
ali também é terra
de artífices.

Artesãs de Bananal
tecem colchas, almofadas,
cortinas, redes, tapetes,
com seu crochê de barbante;
em Silveiras, escultores,
com canivete e caxeta,
madeira do litoral,
fazem coloridas aves
em tamanho natural;
e por toda a região,
ceramistas figureiros
criam peças de presépio;
flores de papel crepom
brotam de hábeis mãos
e enfeitam casas, andores;
do *papier maché* tomam vida
Maria Angu, João Paulino,
máscaras para as Folias
e bandeiras do Divino;
da taquara e do bambu,
ferro, couro e madeira,
balaieiros, jacazeiros,
trançadores, cangalheiros,
ferradores e seleiros
exercem os seus ofícios
em torno de um personagem
tão importante no Vale
que mereceu um museu
e festa em sua homenagem:
o incansável tropeiro.

O correio do sertão

Pra conhecer deveras a pessoa,
há de se comer com ela uma bruaca de sal.

No tempo
do ouro farto,
do garimpo
dos diamantes
e depois
quando o Brasil
foi elevado a Império,
estudiosos e artistas,
como Spix e Rugendas,
vieram de terras distantes
trilharam estradas reais
registrando em seus escritos,
ou em primorosos desenhos,
tanto as coisas naturais
como os costumes das gentes.
Mas não houve viajante
com papel mais importante
nessa quadra da história
que o valente tropeiro.

De tudo as tropas levavam,
de tudo também traziam,
mas nada tão esperado
como notícias e cartas.
Esse simples mercador,
por ofício transformado
no comunicador
do passado,
aonde quer que chegasse
era bem considerado,
sentava-se à mesa da casa
e comia com seus donos.
De lotes pequenos e grandes
eram formadas as tropas.
No lote maior de todos,
a mula da dianteira –
que tinha a missão de guia
e por isso recebia
o título de madrinha –
ganhava mais adereços –
sinos, guizos,
pluma e prata –
na cabeça e no pescoço.

Quando não havia rancho
para o pernoite das tropas,
pousavam no descampado,
improvisando com as cargas
as paredes de um cercado
onde esses homens curtidos
dormiam o sono dos justos
debaixo do céu estrelado.
As marcas deixadas
por sua andança
em toda parte estão.
Nas cozinhas,
entre outras iguarias,
o famoso feijão.
Na linguagem,
incorporadas,
tantas e tantas
expressões:
de pensar morreu um burro,
teimoso como uma mula,
dar com os burros n'água,
desembestar...
Dura vida errante,
a pelejar
sem descanso
com aquele
que apelidaram
"incompreensível sertão".
A ela deve o país
sua primeira jornada
rumo à civilização.

o Caminho da Bahia

A descoberta do ouro
em Minas e em Goiás
despertou tanta cobiça
que colonos e estrangeiros
enxamearam as Gerais.
Em sua febre sem tino
não pensavam na lavoura
ou num simples galinheiro.
Só das bateias sabiam,
já que da noite pro dia
podiam virar nababos.
E assim, nesses começos,
os bravos desbravadores
quase morriam de fome,
quase vivendo de brisa
ou, quando nada, formigas...
Mas outro caminho existia
e este vinha da Bahia.
Por ele, anos a fio,
veio a sua salvação:
boiadas e mais boiadas,
de um-tudo para o sustento,
luxos trazidos de Europa
e mais um triste "produto" –
os braços negros de escravos
que cedo se esgotariam
na dura lida das lavras.

Um grande presépio

Nas encostas das colinas,
dos morros sem fim de Minas,
boizinhos ficam de pé,
vacas dormem à vontade
pois não sabem o que é
a tal lei da gravidade...
E há muito mais mistérios
nessas gerais de montanhas
rubras, roxas e lilases
com suas entranhas
sempre (até quando?)
sangrando minério.
Por exemplo: o que é *trem*?
A Maria-Fumaça caduca
que de São João lá *evém*
renitente feito um fusca?
Pode ser, mas, pra mineiro,
trem também é todo troço,
quase toda coisa é *trem*:
– Uai, sô, não é que o negócio
é mesmo um trem de primeira?
De longe, as colinas de Minas
– um mar de ondas azuis.
De perto, cheiro de mato,
piados de inambus.
Fazendo coro, o chiado
do eterno carro de boi.
E em toda parte espalhados
por arte de um *ror* de insetos,
como imensos *cocoons*
recém-chegados de Marte,
os murunduns dos cupins.
Minas, um grande presépio
armado em tantas retinas.

As águas preciosas

Enquanto iam e vinham
atrás de índios e ouro,
nossos colonizadores
nem por sombra adivinhavam
que, passada a Mantiqueira,
bem ali no sul de Minas
havia outro tesouro:
são três dezenas de fontes
jorrando – desde quando? –
– águas milagrosas.
Águas poderosas:
fizeram crescer
cidades,
curaram até a Princesa
e continuam vertendo
saúde, paz, harmonia
para todos os que buscam
matar algum tipo de sede.
São Lourenço, Caxambu,
Cambuquira, Lambari
têm lembranças,
têm passados
feitos de fausto
e de glórias.
Porém, a maior riqueza
o tempo não consumiu.
E certamente o futuro
ali ainda há de achar
essas águas preciosas
a jorrar,
jorrar,
jorrar...

Tiradentes

Se alguém fala
em Tiradentes,
o pensamento
já vem rimado:
foi um valente
inconfidente
foi um soldado
que simplesmente
tinha o desejo urgente
de libertar sua gente.
Mas o coitado
foi enforcado
esquartejado
depois salgado
e cada parte
do pobre corpo
dependurada
por uma estrada
em que passaram
suas ideias
iluminadas.
Sinistro aviso:
tenham juízo,
que um ideal
pode causar
tamanho mal...

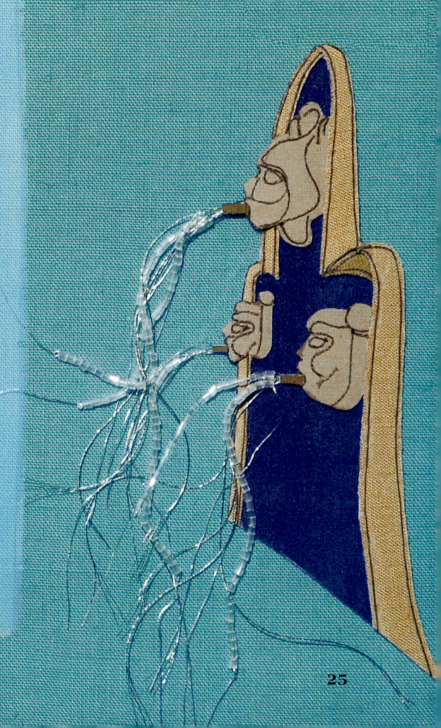

Mas, felizmente,
quando hoje falam
em Tiradentes,
o pensamento
toma outro rumo,
o coração
perde seu prumo
e só se enxerga
a vila renovada
onde convivem
a singeleza
e a poesia
coloniais
com o bochicho
e a folia
dos festivais.

São João dos Sinos

Badaladas vão dizendo:
"morreu uma dona",
"nasceu um menino",
"é hora da missa",
"vamos à procissão"...
E as vozes de bronze
enchem de saudade
ou de euforia
a vida de São João.
Essa linguagem sineira
tão presente na cidade
é somente um dos seus
tricentenários bens.
São João del Rei
das belas igrejas barrocas,
das orquestras, dos teatros,
da cultura e da política,
deu à pátria dois heróis
(ou, pelo menos, dois mitos)
em decisivos momentos
quando então pouco se ouvia
a palavra liberdade.
São João del Rei,
onde o sagrado
e o mundano
convivem em velha harmonia
nos ritos religiosos
nos folclóricos congados
que percorrem suas ruas
tão naturais e importantes
quanto os desfiles de Momo.

A cidade encantada

Lá vão os anjos
(cetim e penas)
pisando em nuvens
(flor e serragem)
duas fileiras
pelas ladeiras
de Ouro Preto
(ou Vila Rica?)
como se o tempo
não fosse o dono
da ampulheta.
Nessa cidade
que é patrimônio
da humanidade
terá a vida
outra medida?
Porém é certo
que há um feitiço
sob essas pedras
nesses portais
dentro dos templos
por entre os ouros
pelos beirais...
Por isso os nomes
e as histórias
de sua história
saem dos livros
e por encanto
ficam tão vivos.

A ilustre vizinha

Bem ali ao lado
dessa Ouro Preto
tão cheia de si
uma ilustre vizinha
também ostenta
seus predicados.
Sempre a primeira
— vila, capital, bispado —
desta província mineira,
Mariana se ufana
de ter guardado
por três séculos a fio
tesouro maior
que todos os seus ouros:
o órgão imponente
um verdadeiro gigante
com sete metros de altura
e a voz impressionante
de suas quase mil flautas.
Da longínqua Alemanha
passando por Portugal
veio, vencendo montanhas,
para a Catedral da Sé,
onde até hoje se acha
com a mesma majestade.
Esse instrumento que é
raro entre os raros no mundo
remoça a velha cidade
quando nele, reverentes,
artistas fazem vibrar
os sons que vêm evocar
os seus grandiosos tempos.

o Caminho Novo

Para alcançar as minas
e encher as burras de cobre
não sigo caminhos de dantes,
o velho ou o dos bandeirantes.
Quero partir pelo novo
feito por Garcia Paes.
Para impedir descaminhos
e evitar o contrabando,
a Coroa, precavida,
aferrolhou as Gerais
com Casas de Fundição,
e as barreiras dos Registros.
Não satisfeita com isto,
proibiu que circulasse
o ouro pelos caminhos
da Bahia e do sertão.
Portanto, parto do Rio,
navegando na falua
até o Porto da Estrela,
no fundo da Guanabara.
A nova Estrada Real,
também "Estrada da Corte",
encurtou bem o percurso
que me leva aonde fica
o Eldorado: Vila Rica.

Eterna capital

Se ainda não merecia
chamar-se maravilhosa
no tempo em que ali se abriu
o novo Caminho Real,
a cidade, no entanto,
sempre teve a seu favor
a natureza ao redor.
Este Rio de Janeiro
que a custo se livrara
de tenazes inimigos,
lutava então contra sarnas,
piolhos, epidemias...
Pois foi justamente essa estrada
a causa de seu progresso:
toda a riqueza das minas
por ela vinha ao seu porto
e daí ganhava o mundo.
Cidade predestinada
a mudanças repentinas,
arrebatou da Bahia
a antiga primazia
de capital da Colônia.
Imagine agora entrando
nas águas da Guanabara
a realeza em pessoa
e da noite para o dia
o Rio virando a sede
da única monarquia
transplantada para a América!
Logo capital do Reino,
do Império e da República,
só entregou a Brasília
o cetro e a coroa,
mas jamais a majestade.

Por essas e outras se alguém
quiser conhecer o Brasil
vá até o centro do Rio
– cada prédio e monumento,
cada travessa e recanto
é peça do quebra-cabeças
que chamamos de passado.
Trabalhos de cantaria,
construções de pedra e cal,
entalhes e esculturas
nos falam dos grandes mestres,
engenheiros e artífices
– como Alpoim, Valentim –
e seus hábeis aprendizes
que foram dando à cidade
uma nova dimensão.
Jardins, praças, palacetes
e obras que simbolizam
sua evolução no tempo
– tais como os arcos da Lapa,
a Quinta da Boa Vista,
o Teatro Municipal –
aguardam os visitantes.
Como um turista qualquer
você até pode curtir
as delícias de Ipanema,
ou ficar dependurado
no fio do Pão de Açúcar,
ou então maravilhar-se
com o Cristo Redentor.
Seja, porém, criativo
tornando-se o explorador
que encontrará ao vivo
a história lida nos livros.

Cidade de Pedros

Tudo começa em seu nome:
aquilo que um Pedro sonha
o outro torna real.
Petrópolis,
de toda a América
a única imperial.
Nascida de um decreto,
forjada a régua e compasso,
erguida por alemães
entre matas e regatos,
oásis de aristocratas,
refúgio de presidentes,
mas, antes de tudo, o recanto
onde a família real
fugindo de peste e calor
reinava sobre o Brasil
durante muitos verões.

Território da política
com seus condes e barões,
mas também dos escritores,
pensadores
inventores
(e até brasilianistas)
buscando paz ou ciência
em meio ao doce frescor
do verde cartão-postal
atapetado de hortênsias.

Laboriosa cidade:
tecidos, móveis, cerveja,
famosa por pães e doces,
pelo ruço e seus mistérios,
pelos charmosos passeios
em vitórias ou charretes
à escolha dos turistas.
O Palácio de Cristal
encomendado da França.
A imponente Catedral
onde dormem (afinal!)
Pedro II e Teresa.
O célebre Quitandinha
pedaço de Hollywood
em solo tupiniquim.
A estranha escada
da casa encantada
de Santos Dumont.
E no Museu Imperial
entre históricos tesouros
uma emoção:
a pena de ouro
que aboliu a escravidão.

Testemunhos de sonhos

Cruel sina, a desta estrada:
conduziu os conjurados
a destinos tão opostos!
Primeiro, ao triunfo certeiro,
depois, ao degredo e à forca.
Mas essas tristes memórias
não desfazem seus legados.
Assim como a Estrada Velha
este caminho revela
paisagens de grande beleza
e ao passar foi formando
novos povos e culturas.
Ao longo do trajeto
há cidades que são
museus abertos
da mais pura arquitetura
colonial e barroca.
Paraíba do Sul
e suas fontes Salutaris;
Juiz de Fora,
da Zona da Mata a mais culta
e a mais industriosa;
a amena Barbacena e suas rosas;
Santos Dumont, Areal,
Conselheiro Lafaiete,
por onde ainda se trilha
o Caminho original.
Estrada sempre presente
em terras fluminenses ou mineiras
mesmo se dos bandeirantes ou tropeiros
restam aqui e ali
tão somente
testemunhos de seus sonhos.

o Caminho dos Diamantes

Na busca de mais jazidas
para além do Serro Frio,
foram os homens fundando
povoados e arraiais
em derredor dos riachos,
onde com seus almocafres,
cavoucavam sem descanso.
Eis que um dia
no Tijuco
alguém retira das águas
algumas pedrinhas brancas
boas pro jogo do trunfo
ou então da renegada.
Por um bom tempo ficaram
essas pedras relegadas
a servirem como tentos.
Tal é a lenda que corre
sobre a origem dos diamantes.
De verdade, o que ocorreu
foi a insana vigilância
(ditada pela ganância)
por parte dos lusitanos
por mais de setenta anos
sobre o caminho que ia
de Vila Rica ao Tijuco.
Ou, como hoje se diz,
de Ouro Preto a Diamantina.

Joias coloniais

Não importa a direção.
Se você sai desta estrada
por um caminho de terra
ou mesmo uma simples trilha,
logo, logo há de encontrar
alguma cidadezinha.
Essas florações surgidas
de sementes esquecidas
por aves de arribação,
essas humildes heranças
vão tocar seu coração.
São joias coloniais
incrustadas nas Gerais,
entre as Serras do Espinhaço,
do Cipó e do Caraça,
onde altas cachoeiras,
matas, cânions, grutas, lapas
e piscinas naturais
deslumbram os viajantes.

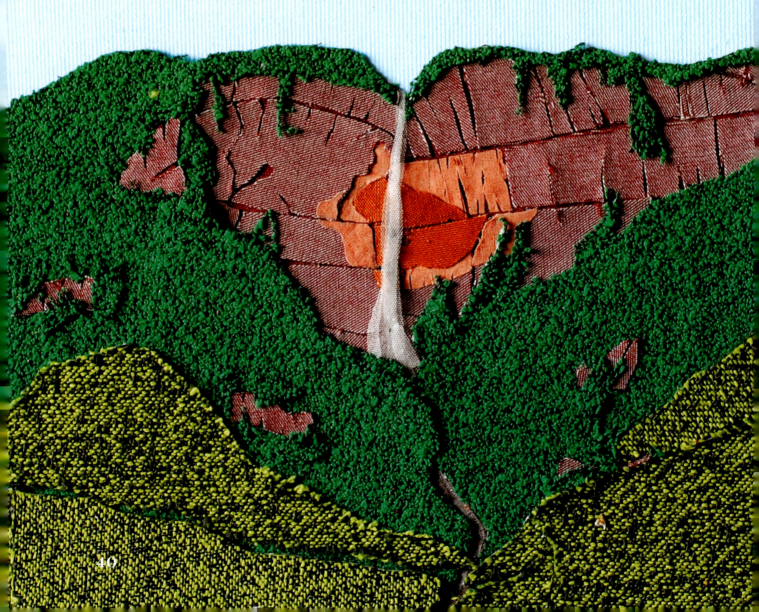

Mas não siga para o Serro
sem conhecer Sabará.
Às margens do Rio das Velhas
de onde o ouro brotava
a antiga Vila Real
ainda guarda lembranças
da perdida importância:
a casa da Intendência,
o teatrinho do Império,
a surpreendente igrejinha
de Nossa Senhora do Ó
– pequena e simples, por fora,
por dentro, esplendor só!

Um súbito nevoeiro
trazendo ventos e frio
deu o nome ao povoado
que em seus mais prósperos tempos
se chamou Vila do Príncipe.
O arraial do Serro Frio
(hoje, simplesmente Serro)
teve tombados dois bens:
a histórica arquitetura
e a receita do queijo,
famosa especialidade...

E ao sair da cidade
para ir a Diamantina,
não deixe de conhecer
a pequena Milho Verde,
onde poderá comer
não o que seu nome indica
mas um bom pão de mandioca
ou, então, ora pro nóbis...

Diamantina

Como pode a sempre-viva
viver fora da campina?
É que, embora pequenina,
essa florzinha mimosa
vive no meio das pedras –
é uma flor diamantina.
O mesmo se diz da gente
que povoou o Tijuco.

Sendo tão hospitaleira,
tão convivente e festeira,
buscou em seu coração
a dureza do diamante
para suportar o jugo
imposto pela Coroa:
o toque de recolher
que tornava mais geladas
as noites no Arraial,
a interdição do ir e vir,
isolamento, incerteza...
Nada disso dissipou
o gosto pela aventura,
nem o amor pelos livros
– um povo de rara cultura
naquela província mineira,
como notou Saint-Hilaire,
naturalista francês
que em 1800 fez
de conhecer o Brasil
sua vida e seu mister.

Não é pois de admirar
terem saído de lá
alguns dos mais destacados
nomes da Inconfidência
e, muito tempo depois,
aquele que mudaria
o rumo e a cadência
da nossa História.

A terra de Juscelino
cumpriu o que prometia:
ao preservar seus valores
a invencível cidade
transformou-se em patrimônio
da humanidade.
Irmã de Ouro Preto
em título e carisma,
Diamantina, sempre viva,
oferece ao visitante
não só rastros do passado
perdidos nas capistranas,
deixados na Casa de Chica,
no azul do passadiço
ou do antigo mercado,
nem simplesmente
seus encantos naturais –
a Gruta do Salitre,
a Cachoeira dos Cristais.
Trouxe para o presente
o espírito de sempre:
vesperatas
carnavais
serestas
procissões,
suas lições
de permanente
renascimento.

A nova
Estrada

É outro o explorador
que agora se aventura
pelo histórico caminho.
O Caçador de Esmeraldas
virou um ecoturista
(mas nem sempre ele é paulista...)
em busca da natureza.
Esta, sim, é a riqueza
que a Estrada Real de hoje
promete a seus viajantes:
nem ouro, nem diamantes,
mas o verde de onze parques,
o frescor de cachoeiras,
montanhas e mais montanhas
onde podem praticar
toda sorte de ecoesportes.
Mochila em vez do embornal,
tênis em lugar de botas,
squeeze em vez do cantil,
como arma, uma câmera,
lá vai ele desbravar
um Brasil que mal conhece,
lá vai ele faiscar
as pepitas do passado,
lá vai, com espanto e prazer,
reescrever sua história.

Referências bibliográficas e iconográficas

ALMEIDA, Lúcia Machado de. *Passeio a Sabará*. São Paulo: Martins, 1964.

BANDEIRA, Manuel. *Guia de Ouro Preto*. Rio de Janeiro: Ediouro, 2000.

CAMPOS, Helena Guimarães; FARIA, Ricardo de Moura. *História de Minas Gerais*. Belo Horizonte: Formato, 2005.

CARNEIRO, Diva Dorothy Safe de. A *Estrada Real: viagem de muitos caminhos*. Belo Horizonte: Gutenberg, 2003.

CAVALCANTI, Nireu. O *Rio de Janeiro setecentista: a vida e a construção da cidade da invasão francesa até a chegada da Corte*. Rio de Janeiro: Jorge Zahar, 2004.

COSTA, Antônio Gilberto (Org.). *Os caminhos do ouro e a Estrada Real*. Belo Horizonte: UFMG; Lisboa: Kapa Editorial, 2005.

DEBRET, Jean-Baptiste. *Caderno de Viagem*. BANDEIRA, Júlio (texto e org.). Rio de Janeiro: Sextante Artes, 2006.

GOMES, Laurentino. *1808: como uma rainha louca, um príncipe medroso e uma corte corrupta enganaram Napoleão e mudaram a história de Portugal e do Brasil*. São Paulo: Planeta do Brasil, 2007.

GOMES, Laurentino. O rei do Rio. In: *National Geographic Brasil*, ano 8, n. 94, São Paulo: National Geographic Brasil, jan. 2008, p. 27.

GORBERG, Samuel. *Estampas Eucalol*. Rio de Janeiro: S. Gorberg, 2000.

MACEDO, Joaquim Manuel de. *Um passeio pela cidade do Rio de Janeiro*. Coleção Imagens do Brasil, v. 1. Rio de Janeiro; Belo Horizonte: Garnier, 1991.

MACHADO FILHO, Aires da Mata. *Arraial do Tijuco: Cidade Diamantina*. Belo Horizonte: Editora Itatiaia; São Paulo: Edusp, 1980.

MACHADO FILHO, Aires da Mata. *Dias e noites em Diamantina*. Belo Horizonte: Edição do Autor, 1972.

MAGALHÃES, José Fiúza de. *Ouro Preto: Casos, canções, emoções*. Rio de Janeiro: Forense, 1989.

MAIA, Thereza; MAIA, Tom. O *vale paulista do rio Paraíba: guia cultural*. Rio de Janeiro: Documenta Histórica, 2005.

MALTIEIRA, Jorge. *Ouro Preto: relicário do Brasil*. Rio de Janeiro: Olímpica, 1961.

MELLO, Virgínio Cordeiro de. *Petrópolis: um passeio pelo centro histórico*. Rio de Janeiro: Gryphus, 2005.

O BRASIL DE DEBRET. Coleção Imagens do Brasil, v. 2. Belo Horizonte; Rio de Janeiro: Villa Rica, 1993.

O BRASIL DE RUGENDAS. Coleção Imagens do Brasil, v.1. Belo Horizonte; Rio de Janeiro: Itatiaia, 1998.

OLIVÉ, Raphael. *Guia Estrada Real para caminhantes: Rio de Janeiro a Juiz de Fora*. Belo Horizonte: Estrada Real, 1999.

RIBAS, Marcos Caetano. A *história do Caminho do Ouro em Paraty*. Paraty: Contest Produções Culturais, 2003.

RIBAS, Marcos Caetano. *Descaminhos*. São Paulo: Editora Estação Liberdade, 2001.

RICHTER, Christina; FIEGL, Martin. *Cidades históricas de Minas Gerais*. Rio de Janeiro: Alpina – Céu Azul de Copacabana, [s/d].

SAINT-HILAIRE, Auguste de. *Viagem pelo Distrito dos Diamantes e litoral do Brasil*. Belo Horizonte: Itatiaia; São Paulo: Edusp, 1974.

SAINT-HILAIRE, Auguste de. *Viagens pelas províncias do Rio de Janeiro e de Minas Gerais*. Belo Horizonte: Itatiaia; São Paulo: Edusp, 1975.

SALES, Fritz Teixeira de. *Vila Rica do Pilar: um roteiro de Ouro Preto*. Belo Horizonte: Itatiaia, 1965.

SANCHES, Fabio de Oliveira; TOLEDO, Francisco Sodero; PRUDENTE, Henrique Alckmin. *Estrada Real: o Caminho do Ouro*. Lorena: Santuário, 2006.

SANTOS, Márcio. *Estradas Reais: uma introdução ao estudo dos caminhos do ouro e do diamante no Brasil*. Belo Horizonte: Estrada Real, 2001.

SATHLER, Evandro. *Tropeiros & outros viajantes*. Niterói: PPGSD – UFF / Edição do Autor, 2003.

LOPES, Reinaldo; CAVALCANTE, Rodrigo. A volta do imperador. In: *Aventuras na história*. 37. ed. São Paulo: Abril, set. 2006. p. 24.

ROCHA, Andréa. Tiradentes: monumento universal. In: *Sagarana*, ano 2, n. 7, Belo Horizonte: Ventura Comunicação e Cultura, [s/d]. p. 12.

TRIBUNA DE PETRÓPOLIS. Petrópolis, set. 2007.

REVISTA ENCONTRO. Estrada Real Especial. Belo Horizonte: Encontro Importante, fev. 2004.

ROTEIROS DA ESTRADA REAL. Belo Horizonte: Instituto Estrada Real, ano 2, n. 4, mai. 2005.

MINAS GERAIS. *Suplemento Literário*. Belo Horizonte: Imprensa Oficial de Minas Gerais, dez. 2007.

PAMPULHA. Caderno Turismo. Belo Horizonte: Jornal O Tempo, mar./abr. 2007.

JORNAL HOJE EM DIA. Caderno de Turismo. Belo Horizonte, ago. 2005.

JORNAL ESTADO DE MINAS. Série *Ouro de Minas, 300 anos de história*. Belo Horizonte, maio/jun. 2005.

GUIATUR ESTRADA REAL: Histórico de 72 cidades do percurso. Belo Horizonte: Guiesp – Guias e Promoções, 2007.

GUIA DE ECOTURISMO: Estrada Real Brasil. São Paulo: Empresa das Artes, 2005.

GUIA E ROTEIRO ECOTURÍSTICO: Estrada Real de Minas de Ouro Preto a Diamantina. Belo Horizonte: Senac-Minas Gerais; São Paulo: Empresa das Artes. 2005.

O CAMINHO DIAMANTE. CD-ROM. Belo Horizonte: Instituto Estrada Real - MG10Hom Estúdio, 2007.

Sites:

www.terrabrasileira.net
www.serranacenter.com.br
www.cidadeshistoricas.art.br
www.descubraminas.com.br
www.estradareal.org.br
www.brasilviagem.com